詩集

堀江 薫

生きる時間 生きる場所

文芸社

願い

ささやかに
食べていければいい

きれいで
やさしくて
整然と
ふんわりと　あたたかいものに
包まれて

I

君へ

君は
破壊を
欲するのだろうか
全ての壊滅を
本当は
どうなのだろうか

自分を制する力

君が
真実求める
厳しさとやさしさは

そこに在る

決して
あきらめや
妥協という
意味ではなくて

生命

生命が在って
自分が在り

自分が在って
世のなかが在り

世のなかが在って
矛盾が在る

矛盾が在って
思考が在り

思考が在って
自由が在り

自由が在って
偶然と
必然が在る

偶然と必然によって
関係が生まれ

関係は
要因と条件を満たし

感情が在り
理性が在り

あなたが在り
わたしが在り

宇宙が在り
自然が在り

時間的に
空間的に

はかり知れないものが在り
定められたものが在り

創造によって
破壊によって

繰り返し

繰り返し
生命は受け継がれ
積み重ねられていく

そうして
いつの日か

自分は
一片の塵となって

光りと
闇に

溶けて
散る

思考

物事を
風景としてみる
自分をも
客観視しようとする
思考のその淋しさは
宇宙そのものなのかもしれぬ

何ひとつ確実性のない
存在という意識の対象は
あまりにも摑みどころがなく
あなたとわたしの距離でさえ
果てしない

ひとつの
過程であるといえる

花が咲く
手を伸ばせば
一輪の花の
その生命のやさしさに
触れることができるという
生きる想いに

ひとつの情景
その情景を
一瞬のその時間を
自分のものとして
この対峙して在る風景に

生命の無限の可能性のなかに
わたしは
まっすぐに
立つ
宇宙の一点に
生きて
立つ

無心

これで良かったのか
悪かったのか
確実性というものは
ほとんど無いに等しいのに

かけひきほど
疲れるものはない
真実
無心という境地に達したいと
時に思う

生きるということに

無心に
思う存分
戯れ
笑ってみたい

全テハ

全テハ　ヒトツナンダヨ
声が聞こえる
全テハ　ヒトツナンダヨ
風が囁く
全テハ　ヒトツナンダヨ
青空が見える

思慕

アイタイという気持ち
大事に
しよう

大事なものとして
大事に
しよう

大事に
していきたい

笑顔

時に
君の笑顔は
本当に
きれいだ

外にも
内にも
君自身が
そのまま
笑顔と共に
はじけているようで

その笑顔を
信じて
二十年の歳月を
ここまで
きたのだともいえる

今日も
そして
明日も

ねえ
そうだね

笑顔って
本当に
いいね

二十世紀の世紀末にあって

既に腐敗が始まり
破滅への道をたどり始める
危険を身近に感じて
初めて
人は事に対処しようとする

この二十世紀の世紀末に
戦争というひとつの過程
闘争というひとつの過程
そして
経済成長に拠る
物質文明というひとつの過程は

僕たちの未来への展望に
何を示唆しているのであろうか

街には情報があふれ
物質は限りなく消費されていく
僕たちは常に
煽動され
コントロールされ
快適な生活を
幸福へのステップとして
足並みを揃えて
追い求めつづける

科学と技術によって
宇宙は彼方へと
広がりつつあり

自然は
解明され証明され
その在るべき姿を
容赦なく破壊されていく

個としての生命は
単純に同一化され
マニュアル化され
商品化され
一定の方向に
流されていく

現在
この世界中の
かけがえのない
ヒトツヒトツの生命に

求められているものは
何だろう

物質のみの満足も絶対ではなく
精神のみの満足も絶対ではなく
自然として
自然のなかで
共存し
共有し
調和する
限られた
この場所と
この時間に
人は束縛されず
執着することもなく

現在
視点をどこに
向けるべきなのか
ということについて

この生命を
生命としての立場から
僕たちの生きる力を
守ってゆくべき対象を
そして
それらにつながる
全てのあらゆることを

僕たちは
もっともっと
深く

真剣に
生きる主体としての
責任をもって
思い考え
行動しても
良いのではないだろうか

この時代だからこそ
清々しく
のびやかに
端然として
未来への展望に
決して
破滅への過程は
許すまい

II

ジグザグ

ボロボロに疲れて
ジグザグに行く
ジグザグに
生きる
ジグザグ
ジグザグと
つぶやいている
ジグザグという言葉
気持ちが
楽しく
なってくる

物事

アレハ　アレ
コレハ　コレ
ソレハ　ソレ

すっきりと割切って
事が運べばすむものを

何もかもが
余りに面倒くさくて
いいかげん
うんざりする時がある

全く曖昧で
矛盾だらけで
底知れず

それでいて物事とは
結果をみるならば
最も単純明快なものであり

コマッタモノダネ

物事 2

流れゆく時は状況を変える
たったいち年で
こんなにも変わる
視点
権力
価値観
何が本当かではなく
何が目ざす方向性なのか

何はともあれ
物事とはまず
事実を事実として

そのとおりに
認識してゆかねばならぬ
ということ
一切の感情
理屈ではなく
確固たる現実の厳しさが
そこに在る

出勤（冬）

冬の朝の
シャキッとした
張りつめた外気
大好きだ

今日のいち日が
始まり

白い息を吐きながら
バス停に向かう

出勤（雨あがり）

雨があがって
今朝は
雲ひとつなく快晴
太陽の光りのなかで
そこもかしこも輝いてみえる
出勤途中で一杯のコーヒーを飲む
新宿のいつもの喫茶店で
いつもの彼女と彼の
朝のアイサツがとてもうれしい

世のなかの動きと
季節の移り変わりと

日々の暮らしの
この生活のリズムが
日常の糧として
何事にも災いなく
坦坦と
つづいていって欲しい
こんな日は
単純にそう思う

今日もいち日
一杯のコーヒーに
元気づけられ
一歩を踏み出して

時は

明確に動き始める

人間関係

疲れるなあ
イヤになるなあ
どうすればいいのかなあ

他人を批判したところで
全く無意味で
自分にはね返ってくるばかりだし

自分のことを客観視でき得ぬ
という苛立ちは
これはもう人として
悲劇なのか喜劇なのか

強くなりたいなあ
毅然と
美しくありたいなあ
こころから
そう思う

ある日

イヤなこと多い
イヤなこと多い
イヤなこと多い

あれもこれも
納得できぬ
ことばかり

ある日 2

全く
くだらない話しが多すぎる
アア　くだらない
自分勝手にみんながみんな
現状にアカンベーしつつ
同じ空間で
ひらひら
ブラブラ
みんな同じムジナだよ

ある日 3

一点に
ちぢこまって
いってしまうような
この
精神のたよりなさ

頑張らねばなるまい
あらゆる意味で
いまがいちばん苦しい
時なのかもしれない

頑張ること

頑張ること
頑張ること

月

月の青く白い光りは
凛として
闇を透明に
照らし出す

わたしはどれほど
月に
慰められてきたことか

*

月を
地平線に向かって
追いかけても

追いかけても
等距離を保つように

生きるって
そんなものかも
しれないね

負ケルナヨ

冷たい雨が降っている
現状への納得と苛立ちと

フッと虚しくなる
その
深淵の恐ろしさ

負ケルナヨ
　ソノ　虚シサニ

人として

何かを
感じてくれるだろうか
何かが
伝わってくれるだろうか

本当に
ひとかけらの
光りで
良いのだ
一点の光りをと
痛切に思う

光りを
放ちたい

帰り道

今日もいち日が
暮れてゆく
年齢を
積み重ねはするが
いまだ何ものにも
追いつけず
定着するか
飛ぶべきか

現状への
否定と肯定を

繰り返し
繰り返し

夕暮れの道を
今日も又

自分自身へと
帰ってゆく

ドウショウモナイモノ

ドウショウモナイモノハ
全ク
在リスギルホドニ
在ッテ

ケレド
ドウショウモナイ
ナンテ

誰ガ一体
言イ切レルノデショウカ
？

III

やさしさ

やさしさは
めを向ければ
ありふれたところに
さりげなくある

ひっそりと
たたずんでいよう

わたしがわたしであることの
あなたが
あなたであることの

それいじょうに
なにが要るだろう

雪　降りつむ

虚構のひかりのなかを
流れ出《い》でる
静かなる時よ
手許にたぐり寄せ
独り　我が身を
抱きしめる
失われし
闘いの日々

叫びは叫びのままに
死にゆく者の上に
虚しく言葉を繰り返す

繰り返し
繰り返され
語り尽くされた言葉たちに
そうして人々の
生きる想いに込められた
その生命の可能性に
ひっそりと
秘めやかに息づいている
静寂の時よ

歴史の重圧は
暗闇のなかで
虚飾を閉ざし
空白を構えて
帰着すべき　今日に明日へ
極力の光りと

つき動かされる衝動を

唯一
破壊への創造への
存在証明として
いまだ閉ざされし眼に

　雪　降りつむ
　　雪　降りつむ

Message

愚問だ
徒労だ
ぎらついた両目
黒い血
その思想性は
既に腐乱しつつある
余裕なく
怒りは感情にまみれ
苦悩故の存在価値を認めぬ
その血の色は
変革と命の関連を
断ち切り

全てを
殺す

差別

サベツとは
何とイヤな響きであるだろう
差別される側のウラミが
こもっている

差別するとは
相手を闇のなかに封じ込め
自分は明るいところで
安心しようとする
最も恥しらずな
行為に他ならぬ

人とは
何と哀れで弱い
動物であることか

ただひとつ
差別への想いは
やはりそれは
自分との
闘いから
始まるということで
ある

自問自答

とにかく
思い込みは良くないな
まず自分の思いどおりには
いくはずがないって
それが
人生じゃないかなんて
全くもって
期待すればする程に
良い結果は生まれないという
この人生の皮肉
大口あけて
笑いとばしてやろうか

*

確かに
口に出せば
壊れてしまうものは
あるのかもしれない
想い入れ
自己満足で
成り立っている部分が
この世のなかには
たくさんある
その意味では
ひとりひとりが神であり
自分を信じて
思い込み
意識するしないに
かかわらず

人は
ひとりひとりが
自由に生きている

新宿

夕暮れの新宿
行き交う人々

雑踏がある
風景として
ひとりひとりがある

雑然ときっちりと
よそよそしく愛らしく

＊

ふと顔を上げれば
あなたがそこに在るように思う

どこからか
わたしを見つめていてくれそうな
気がする
雑踏のなかにいるはずがない
あなたの姿を探す
たくさんの人々
人々………
何故あなただけがいないのかと
思ってしまうほどの
たくさんの人々が
動いている

新宿 2

上も下も
右も左も
闇と光りで
活気にあふれて
蠢いている

新宿 3

ざわめきのなか
ひとりで
コーヒーをのむ

何に対して
立ち向かうべきなのであろうか
生きることの意味

想いこそ
　意識こそ

JAZZ

抱きしめていたい空間が在る
言葉ではない
形ではない
けれど確かにわたしのなかの
ひとつの対象として
その空間は息づいて在る

風
　のようにベースが鳴る
汗
　が光る

想いは満ちあふれて在り
あきらめではない
否定ではない
逃避ではない
　力でもない
　勇気でもない
　誇りでもない

生きて在るということについて
存在して在るということについて
その束縛から
その自由から
　在るがままに
　自然に
　素直に
　何のためらいもなく

意識は
わたしの場所に
ぴったりと
近づいてくる

そうして
現実と非現実が
交差する狭間の
その空間において
わたしは
やさしさとなり
厳しさとなり

あなたへの
風に
なる

JAZZ 2

渋谷さんのピアノ
その音に
祈りたくなる
さりげなく打つその音は
無限の広がりをみせ
僕の感性を打つ
打ちながら
そのうちに闇と光りが交差して

僕の胸は
きらめく星くずで
いっぱいになってくる

渋谷さんのピアノは
神さまの
音

とらわれてはいけない

淡々と日は過ぎてゆく
この毎日の繰り返しのなかで
何をどう
感じるべきなのであろうか
時に人というのは
余りに弱く
余りに淋しい

自分を通じてのみ
世界は始まり
全ては自分自身へ
帰ってくる

それ故に
アア　人よ
自分にのみ
とらわれてはいけない

とらわれて
死んではいけない
殺されてはいけない

全ての対象のなかに
潜むもの
それも又
自分自身であるということ

目を
ひらけ

裏切り

しょうがない
しょうがない
いまは痛みを痛みとして
とらえること
十分にカミシメルコト
何をどう思ったところで
決して
元どおりへの修復はきかない
結果としての
現実だけが
目の前にある
だがそれは

何とつらいことだろう
つらく悲しいことだろう
しょうがない
しょうがない
笑っちゃうほどに
しょうがない

自分の惨めさ
君の裏切り

故郷

故郷の暗い風土には
四十歳をいくつか超えた
いまとなっても
息がつまりそうになる

山に囲まれ
すぐそばを流れる紀ノ川に沿って
こぢんまりと
可能性と後退を
やさしさと
排他性を秘めて
いまもなおその町は

わたくしに何を
語りつづけるのであろうか

点在する被差別部落
若き日の
親友であった彼女の
怒りと涙は
風化することなく
いつまでも
わたくしのすぐそばにある

人間の愚かさ悲哀が
愛と憎悪が
この小さな町に集約され
決して矛盾は解体されることなく
それは切ないまでにあからさまに

ひとつの形を為している

ささやかな生活があり
ささやかな幸福があり
それを支える
ささやかな願いが
生きる力として
そのやさしさを
その残酷さを
反映する

故郷の山と川の風景に
父の
わたくしへの想いが込められ
人々の生きる姿に
父の

わたくしを呼ぶ声がする
それはわたくしにとって
余りに重く
苦しい
そして淋しい
現実を現実としての認識であり
わたくし自身の闇と光り
決して避けることのできない
生の深淵である

詩《うた》

ひび割れた
ガラス窓の向こうで
風景がゆがんで見えるのは
誰のせいでもない

おざなりの言葉はもう要らない
犠牲の押しつけはたくさんだ

詩をうたおう
どんなにむずかしくても
いかにむずかしいかはとわず
ほんとうの詩をうたおう

こころをこめてうたおう

生きるとは何だろう
自分とは何だろう
思うこと
考えること
それは何のためだろう

たとえば
この世界の
権力や
差別や
暴力を
くつがえしてしまえるような
やさしさの力はないものか
美しい言葉はないものか

あるいは
悩み
苦しむことの
生命の不思議を
そして
いまこの時を
生きていくということの
人として在るべき姿を
説き明かし表明する
自由の力はないものか
納得の言葉はないものか

詩をうたおう
この世界に
何故自分は
自分なのかということについて

思うこと
考えること
その接点と
接点の
可能性の力を信じて
思い上がりではない
自己満足でもない
詩をうたおう

生命と
生命のつながりの詩を
うたいつづけよう

生きる時間生きる場所

III

著者プロフィール

堀江　薫（ほりえ　かおる）

1955年２月１日　和歌山県生まれ
好きなもの：風、JAZZ
　　　　　　退廃故の悲哀と生きる力

生きる時間生きる場所

2001年10月15日　初版第１刷発行

著　者　堀江　薫
発行者　瓜谷　綱延
発行所　株式会社　文芸社
　　　　〒112-0004　東京都文京区後楽2-23-12
　　　　　　　　　　電話　03-3814-1177（代表）
　　　　　　　　　　　　　03-3814-2455（営業）
　　　　　　　　　　振替　00190-8-728265
印刷所　株式会社　平河工業社

ISBN4-8355-2549-3 C0092